Ingo Siegner

Der kleine Drache Kokosnuss und die Drachenprüfung

Ingo Siegner

Der kleine Drache Kokosnuss
und die Drachenprüfung

cbj

Bei diesem Buch wurden die durch das verwendete Material und die Produktion entstandenen CO_2-Emissionen ausgeglichen, indem der cbj-Verlag ein Projekt zur Aufforstung in Brasilien unterstützt.
Weitere Informationen zu dem Projekt unter:
www.ClimatePartner.com/14044-1912-1001

Penguin Random House
Verlagsgruppe FSC® N001967

1. Auflage 2021

Umschlag und Innenillustrationen: Ingo Siegner
Umschlaggestaltung: Sebastian Maiwind, Berlin
Lektorat: Hjördis Fremgen
hf · Herstellung: AJ
Reproduktion: Lorenz & Zeller, Inning a.A.
Druck: Grafisches Centrum Cuno GmbH & Co. KG, Calbe
ISBN 978-3-570-17829-4
Printed in Germany

www.cbj-verlag.de
www.drache-kokosnuss.de
www.youtube.com/drachekokosnuss
Dieses Buch ist auch als E-Book erhältlich

Inhalt

Die Aufgabe

An einem sonnigen Morgen auf der Dracheninsel sitzt der kleine Drache Kokosnuss mit seinen Eltern am Frühstückstisch.
Kokosnuss ist aufgeregt. Heute bekommt er seine erste große Prüfungsaufgabe![1]
Sein Vater Magnus schneidet ein Stück Käse für den Toast zurecht und sagt: »Die erste Prüfung ist gar nicht schwer. Als ich so alt war wie du, musste ich einen Blumenstrauß zusammenstellen.«
»Wirklich?«, fragt Kokosnuss' Mutter Mette.
»Und?«
»Höchstpunktzahl«, sagt Magnus.
In diesem Moment läutet die Türglocke.
»Das ist Knödel!«, sagt Kokosnuss und springt auf.
Vor der Tür steht der Rüsseldrache Knödel. Er überreicht Kokosnuss eine blaue Papierrolle.
»Hier ist deine Prüfungsaufgabe. Toi, toi, toi.«

[1] Jedes Jahr werden zwei Drachenschüler/innen geprüft, eine/r aus der Grundschule und eine/r aus der Oberstufe.

»Möchtest du mit uns frühstücken?«, fragt Kokosnuss.
»Keine Zeit«, sagt Knödel. »Ich muss noch zu deinem Cousin Haselnuss. Der kriegt die zweite Papierrolle.«
Schnellen Schrittes marschiert der Rüsseldrache von dannen.
»Seit wann verteilt Knödel denn die Prüfungsrollen?«, fragt Mette.
»Der Schulbote hat sich krankgemeldet«, sagt Kokosnuss. »Knödel ist als Aushilfe eingesprungen.«
Magnus betrachtet neugierig die Rolle. »Lies doch mal vor!«
Kokosnuss entrollt das Papier und liest:

`Aufgabe: Entführe eine Prinzessin und besiege einen Prinzen! Abgabetermin: morgen Nachmittag`

Kokosnuss schluckt. Eine Prinzessin entführen und einen Prinzen besiegen? Ach du grüne Neune! Dafür ist er doch noch zu klein!
»Mein lieber Scholli!«, sagt Magnus. »Das nenne ich mal eine Aufgabe. Dagegen war mein Blumenstrauß ja Pipikram!«
Auch Mette staunt: »Und das bis morgen! Was von euch jungen Drachenschülern heutzutage so alles verlangt wird!«
»Da möchte ich nicht wissen, was Haselnuss für eine Aufgabe bekommt«, sagt Magnus. »In der Oberstufe haben sie viel schwierigere Prüfungen!«
»Armer Haselnuss«, sagt Mette. »Er ist doch so ein Pechvogel.«

Nach dem Frühstück packt Kokosnuss seine Tasche.
»Nimm dies hier mit!«, sagt Magnus und reicht Kokosnuss das Kleine Handbuch für Drachen.
»Darin gibt's auch ein Kapitel über die Entführung von Prinzessinnen.«

Wenig später trifft Kokosnuss seine beste Freundin, das Stachelschwein Matilda.
»Und? Was für eine Aufgabe hast du gekriegt?«, fragt Matilda.
Missmutig zeigt Kokosnuss das Prüfungsblatt.
»Eine Prinzessin entführen, wieso das denn?!«, ruft Matilda empört.
»Das ist Tradition bei uns«, sagt Kokosnuss. »Einmal im Leben muss ein Drache eine Prinzessin entführen.«
»So ein Blödsinn«, sagt Matilda. »Wer sich das ausgedacht hat! Und bist du nicht zu klein, um eine Prinzessin zu entführen? Du müsstest die doch durch die Lüfte davontragen!«
»Tatsächlich?«, fragt Kokosnuss.
»Hab ich gehört.«
»Au Backe«, sagt Kokosnuss. »Und einen Prinzen soll ich auch besiegen.«
Gemeinsam überlegen die beiden, wie Kokosnuss die Prüfung bestehen könnte.
»Erstens«, sagt Matilda, »sollte Oskar dabei sein.«

»Stimmt«, sagt Kokosnuss. »Und wir brauchen eine Kutsche.«
»Eine Kutsche?«, fragt Matilda.

Knödels Kutsche

Am Vormittag stehen Kokosnuss und Matilda vor Knödels Trödelhöhle. Seine Aufgaben als Aushilfsbote hat Knödel für heute erledigt. Nun geht er wieder seinem Tagewerk nach, dem Handel mit Trödel.

»Eine Kutsche?«, fragt Knödel. »Wozu brauchst du denn eine Kutsche?«

»Ich muss eine Prinzessin entführen«, sagt Kokosnuss. »Und Prinzessinnen fahren doch immer in Kutschen.«

»Öh, stimmt, gute Idee. Warte mal ...«

Die Freunde hören ein Rumoren im hinteren Teil der Höhle. Kurz darauf präsentiert Knödel stolz eine Kutsche.

»Die hat ja gar kein Dach«, sagt Matilda.

»Es ist eine Cabrio-Kutsche, etwas ganz Besonderes!«, sagt Knödel.

»Und wie fährt sie?«, fragt Kokosnuss.

»Öhm, ich hätte zwei Ochsen im Angebot.«

»Hast du keine Pferde?«, fragt Kokosnuss.
»Tut mir leid«, sagt Knödel. »Bei mir gibt's nur Ochsen. Aber das sind Top-Ochsen!«
»Na schön«, sagt Kokosnuss. »Und hättest du auch einen großen Kescher?«
Aus einer Kiste kramt Knödel einen Kescher hervor.
»Beste Qualität!«, sagt der Rüsseldrache.
Nachdem sich Kokosnuss und Knödel auf eine Leihgebühr geeinigt haben, werden die Ochsen vorgespannt. Kokosnuss und Matilda klettern auf den Kutschbock und schwingen die Zügel.
Langsam setzt sich die Kutsche in Bewegung.
»Wozu brauchst du denn den Kescher?«, fragt Matilda.
»Na, wegen der Prinzessin«, antwortet Kokosnuss. »Falls ich sie einfangen muss oder so.«
Das leuchtet Matilda ein.
»Und wo fahren wir jetzt hin?«, fragt das Stachelschwein.
»Erst holen wir Oskar ab, und dann geht's nach Norden, zum Turmwald.«

»Zum Turmwald? Da wohnen die Säbelzahn-drachen!«
»Ja, aber da steht auch der Prinzessinnen-Turm.«
»Stimmt«, sagt Matilda und erinnert sich an die Geschichte der Prinzessin Patina. Es heißt, sie warte in dem Turm auf einen Prinzen, der sie heiratet. Doch alle, die es versucht haben, sollen von einem Säbelzahndrachen aufgefressen worden sein. Auweia!

Bald hat die Kutsche die Fressdrachenberge erreicht. Vor einer der Höhlen sitzt Oskar. Der kleine Fressdrache langweilt sich. Als er das Ochsengespann mit Kokosnuss und Matilda sieht, springt er auf und ruft: »Was habt ihr denn vor?«
»Kommst du mit, eine Prinzessin entführen?«, fragt Kokosnuss.
»Auf jeden Fall!«, sagt Oskar, schnappt seine Tasche und klettert zu den anderen auf den Kutschbock.
In diesem Moment dringt ein fürchterlicher Schrei aus der Höhle: »Uaaaaaaaaaahrgh auauauauauauauaua!«
»Was ist denn bei euch los?«, fragt Matilda.
Oskar kichert. »Mein Papa hat Zahnschmerzen. Er kann nicht einmal einen Ochsen fressen. Meine Mama bereitet ihm jetzt immer einen Brei zu, hihihi.«
»Uaaaaaaaaaahrgh auauauauauauauaua!«, dröhnt es wieder aus der Höhle.
»Armer Herbert![2]«, sagt Matilda.

[2] So heißt Oskars Vater.

»Zahnschmerzen sind kein Vergnügen«, sagt Kokosnuss.
»Stimmt«, sagt Oskar, »aber dass Papa wegen der Zahnschmerzen schlechte Laune hat, ist auch kein Vergnügen.«
Wie auf ein Zeichen schwingen Kokosnuss und Matilda die Zügel und rufen: »Dann besser schnell weg von hier!«

Die Prinzessin

In der Dämmerung erreichen sie den Turmwald jenseits des Großen Sees. Ein Käuzchen ruft, Fledermäuse flattern durch den Blätterwald, und im dunklen Unterholz knackt und raschelt es.

»Hier muss irgendwo der Turm stehen«, sagt Kokosnuss. Er holt das Kleine Handbuch für Drachen hervor und liest: »Von dem Turm

aus betört die Prinzessin mit romantischem Harfenspiel die Prinzen, die durch den Wald ziehen.«

»Aha«, brummt Matilda.

»Wo sind denn die ganzen Prinzen?«, fragt Oskar.

Da vernehmen sie die fernen Klänge einer Harfe.

»Harfenspiel!«, sagt Kokosnuss. »Das muss die Prinzessin sein!«

Sie folgen den Klängen und haben bald einen steinernen Turm erreicht. Mitten im Wald ragt er über die Baumwipfel empor.

Plötzlich erzittert der Waldboden.

Kokosnuss blickt auf den Weg zurück, kneift die Augen zusammen und sagt: »Da kommt ein Säbelzahndrache! Ich entführe schnell die Prinzessin, bevor der hier ist. Passt bitte solange auf die Kutsche auf!«

Flink schnappt er sich den Kescher, breitet seine Flügel aus und fliegt zur Turmspitze hinauf.

Missmutig brummt Oskar: »Pff, auf die Kutsche aufpassen. Ist ja aufregend.«

Matilda aber versteckt sich in der Kutsche unter einem der Polsterkissen.
»Was machst du denn da?«, fragt Oskar.
»Säbelzahndrachen sind gefährlich.«
»Ach so«, sagt Oskar. »Dann bleib mal schön dort!«
Als Kokosnuss die Turmspitze erreicht, pocht sein kleines Drachenherz laut vor Aufregung. Und tatsächlich – hier oben steht die Prinzessin Patina! Sie trägt ein fliederfarbenes Kleid mit weißen Pünktchen. Auf ihrem Haar sitzt eine goldene Krone.
Als die Prinzessin den kleinen Drachen erblickt, ruft sie: »Wer bist du denn?«
»Mein Name ist Kokosnuss. Ich bin ein Drache und komme, um dich zu entführen.«

Die Prinzessin runzelt die Stirn und fragt: »Bist du dafür nicht etwas zu klein?«
»Ich dachte mir, dass du das sagst!«, ruft Kokosnuss und speit einen Feuerstrahl über die Wipfel der Bäume.
Unmerklich zuckt die Prinzessin zusammen, doch dann sagt sie: »Pah! Vor Drachen habe ich keine Angst!«
»Auch nicht vor dem da?«, fragt Kokosnuss und zeigt auf den großen Säbelzahndrachen, der sich dem Turm nähert.
»Vor dem schon gar nicht«, sagt die Prinzessin. »Der kommt jeden Abend vorbei, um meinem Harfenspiel zu lauschen.«
»A-aber ... das ist ein Säbelzahndrache. Die sind gefährlich und fressen alle Prinzen, die dich heiraten wollen!«
»Der hat bestimmt noch nie einen Prinzen gefressen. Außerdem können mir die Prinzen gestohlen bleiben. Mit ihren Waffen richten die doch nur Unheil an!«
»D-du magst keine Prinzen?«

»Nee, ich bin prinzlos glücklich.«
»Oh, ach so ... Ehm, auch wenn du keine Angst vor Drachen hast, w-würdest du eventuell trotzdem mit mir mitkommen? Ich bin ein Drachenschüler und muss eine Prüfung bestehen.«
»Was denn für eine Prüfung?!«
»Na ja, eine Prinzessin entführen halt. D-das ist bei uns Drachen eine Tradition.«
Die Prinzessin rollt mit den Augen und sagt:
»Und was geschieht, wenn die Prüfung vorbei ist?«
»Dann bringe ich dich wieder zurück. Ich habe sogar eine Kutsche ausgeliehen. Matilda und Oskar sind auch dabei!«
»Wer sind denn Matilda und Oskar?«
»Ein Stachelschwein und ein Fressdrache. Die sind in Ordnung.«
Die Prinzessin überlegt. Gegen eine Kutschfahrt ist eigentlich nichts einzuwenden.
»Einverstanden. Aber nur, wenn ich morgen wieder zurück bin. Sonst machen sich meine Eltern Sorgen.«

»Prima«, sagt Kokosnuss erleichtert. »Dann müsstest du jetzt in den Kescher steigen.«
Die Prinzessin nimmt fröhlich ihren Rucksack und steigt in den Kescher. Kokosnuss flattert los, doch nur mit allergrößter Mühe hebt er die Prinzessin über die Turmzinnen.

»Was machen die denn da oben?«, fragt Matilda, als Kokosnuss versucht, mit der Prinzessin hinabzufliegen.
»Wie Fliegen sieht das nicht aus«, sagt Oskar.
»Eher wie ein ... Sturz! Achtung!«, schreit Matilda und springt blitzschnell aus der Kutsche.

Kokosnuss und die Prinzessin fallen in die Kutschenpolster.
»A-alles in Ordnung?«, fragt Kokosnuss.
Die Prinzessin wurschtelt sich aus dem Kescher, rückt ihre Krone zurecht und sagt: »Noch einmal gut gegangen.«
Da hören sie Matilda rufen: »Halt! Keinen Schritt weiter!«

Ein Säbelzahndrache und ein Prinz

Ein riesiger Säbelzahndrache schaut auf das kleine Stachelschwein herab. Er trägt einen Hut und einen Gürtel mit einer Brillentasche daran.
»Ich bin kein Nahrungsmittel!«, ruft Matilda wütend.
»Ich will doch gar nichts von dir«, sagt der Säbelzahndrache und betrachtet neugierig die Kutsche. »Was ist hier eigentlich los?«
Die Prinzessin erhebt sich und sagt: »Ich mache einen Ausflug. Das Stachelschwein und die beiden Drachenkinder gehören zu meiner Begleitung.«
Der Blick des Säbelzahndrachen fällt auf Kokosnuss und Oskar: »Müsst ihr nicht zur Schule?«
»Wir haben Wechselunterricht«, sagt Oskar.
»Hä?«
»Wechselunterricht. Mal sind wir in der Schule, mal nicht. Damit es im Klassenraum nicht so voll ist.«

»Ach so«, brummt der Säbelzahn. »Und was ist das für ein Ausflug?«
»Ich soll eine Prinzessin entführen«, sagt Kokosnuss und zeigt das Prüfungsblatt.
Der Drache setzt seine Brille auf und liest. »So was! Jetzt sollen schon Kinder Prinzessinnen entführen!«
Er reicht Kokosnuss das Blatt zurück und sagt: »Na schön, dann wünsche ich dir einen guten Verlauf. Du musst ja auch noch einen Prinzen besiegen. Mit denen ist nicht zu spaßen.«
Kaum hat der große Drache diese Worte ausgesprochen, als ein Pfeil durch die Luft zischt.
»Auuuuaaaah!«, schreit der Drache.
Der Pfeil hat ihn ins Bein getroffen! Kurz verdreht er die Augen, dann kippt er um und bleibt reglos auf dem Waldboden liegen.
»Oh nein!«, ruft die Prinzessin aufgeregt und eilt herbei.
Verblüfft betrachten Kokosnuss, Matilda und Oskar erst den riesigen Drachen und dann den kleinen Pfeil.

Da springt ein Fremder aus dem Unterholz. Er hält Pfeil und Bogen im Anschlag und ruft: »Keine Bewegung!«
Die Prinzessin wirft dem Fremden einen wütenden Blick zu. »Du solltest dich schämen!«
Der Fremde lässt Pfeil und Bogen sinken.
»A-aber ich will dich doch befreien.«
»Sehe ich wie eine Gefangene aus?«, fragt die Prinzessin.

»Hat der große Drache dich denn nicht entführt?«
»Nicht die Bohne!«, sagt die Prinzessin.
Oskar betrachtet den Säbelzahndrachen und fragt: »Ist der jetzt tot?«
»Nein«, sagt der Fremde, »nur betäubt. Der Pfeil ist mit einem Spezialpulver präpariert. Der Drache wacht bald wieder auf. Bis dahin bräuchte ich aber eine Trophäe.«
»Eine was?«, fragt Kokosnuss.
»Na ja, etwas vom Drachen, eine Kralle oder einen Zahn, als Beweis, dass ich ihn besiegt habe.«
»Wozu das denn?«, fragt Matilda.
Der Fremde setzt sich eine Krone auf den Kopf und sagt: »Ich bin Prinz Flitzebogen und komme aus einem fernen Königreich, um eine Prinzessin zu befreien und einen Drachen zu besiegen.«
»Wieso das denn?«, fragt Matilda.
Der Prinz holt eine Papierrolle hervor und sagt mit wichtiger Miene: »Dies ist eine Prinzenrolle. Darin stehen die Aufgaben, die ein Prinz erfüllen muss, um König zu werden. Hier steht es schwarz

auf weiß: Befreie eine Prinzessin und besiege einen Drachen!«
»Ach nein!«, sagt Kokosnuss.
»Wieso ›Ach nein‹?«, fragt der Prinz.
Kokosnuss zeigt sein Prüfungsblatt und liest vor:
»Entführe eine Prinzessin und besiege einen Prinzen!«
»Ach nein!«, sagt der Prinz. »Ist das auch eine Prinzenrolle?«
»Das ist eine Drachenrolle«, sagt Kokosnuss.
»Du sollst die Prinzessin entführen?«, fragt der Prinz. »Bist du nicht zu klein dafür?«

»Nein, bin ich nicht!«, sagt Kokosnuss und speit einen Feuerstrahl in die Luft.
Die Prinzessin stemmt ihre Fäuste in die Hüften und ruft: »Jetzt ist aber Schluss! Entführe die Prinzessin, befreie die Prinzessin! Bei euch piept's wohl! Habt ihr schon einmal daran gedacht, dass die Prinzessin überhaupt nicht entführt oder befreit werden will?!«

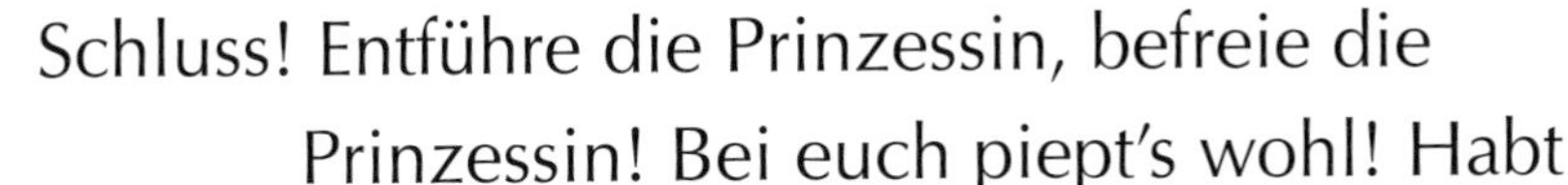

Da regt sich plötzlich der Säbelzahndrache. Er gähnt, räuspert sich und sagt: »Hab ich was verpasst?«
»In deinem Bein steckt ein Pfeil«, sagt Matilda.
»Du bist umgekippt«, sagt Oskar.

Als der Säbelzahndrache den Pfeil sieht, erschrickt er.
»Der Pfeil müsste herausgezogen werden«, sagt Matilda.
»Und die Wunde sollte genäht werden«, sagt Kokosnuss.
»Bloß nicht!«, sagt der Drache. »Das tut doch weh!«

Zögernd zieht der Prinz eine kleine Flasche aus seiner Hosentasche und sagt: »Hier

ist ein Pulver drin, das
die Wunde betäubt.
Dann könnte das genäht
werden.«
»Auf keinen Fall!«, presst der Drache hervor.
»Das wäre aber besser«, sagt Kokosnuss. »Sonst
kriegst du noch eine Blutvergiftung.«
»Ich hätte auch Nadel und Faden dabei«, sagt
der Prinz.
»Na gut«, sagt der Drache. »Aber vorsichtig!«

Der Prinz streut etwas Pulver auf die Wunde, entfernt den Pfeil und näht die Wunde geschickt zu. Am Schluss klebt er ein Pflaster drauf.
Der große Drache kneift ängstlich die Augen zu und fragt: »Wann geht's denn los?«
»Schon fertig!«, sagt Prinz Flitzebogen.
»Wie? Ich habe gar nichts gemerkt!«
»Das kommt von dem Pulver«, sagt der Prinz.
»Es besteht aus gemahlenen Kräutern, die in meinem Land wachsen.«
Kokosnuss, Matilda und Oskar staunen. Der Säbelzahndrache ist wieder tipptopp hergestellt.
Auch die Prinzessin ist beeindruckt.
Der Prinz räuspert sich und wendet sich an den Säbelzahndrachen: »Könnte ich jetzt etwas von dir bekommen, eine Kralle, eine Zacke oder so? Öh, als Erinnerung?«
»Bitte wie?«
»Na ja, immerhin habe ich deine Wunde versorgt.«
»Ohne dich hätte ich gar keine Wunde!«, sagt der Säbelzahndrache empört.

Prinzessin Patina ist fassungslos: »Du willst ein Prinz sein!? Du bist ein frecher Grobian! Womöglich willst du mich auch noch heiraten!«
»Na ja, äh, genau, ... ich bin ein Prinz, du bist eine Prinzessin, und da dachte ich ...«
»Prinz und Prinzessin heiraten!«, ruft Oskar. »Das weiß doch jeder!«
»Ihr müsst es ja wissen!«, sagt Prinzessin Patina spöttisch.

»Leute«, meldet sich der Säbelzahndrache, »das könnt ihr ohne mich bequatschen. Ich muss los.« Er tippt mit der Pranke an seinen Hut und macht sich auf den Rückweg.
»A-aber ... meine Trophäe!«, ruft der Prinz, doch der Säbelzahndrache ist schon im Wald verschwunden.

Der Plan

Ratlos lässt Prinz Flitzebogen die Schultern hängen.
»Hey, Prinz«, sagt die Prinzessin. »Das ist doch kein Grund, Trübsal zu blasen!«
»Wenn ich keine Drachentrophäe mit nach Hause bringe, wird mein Vater, der König, furchtbar enttäuscht sein«, sagt der Prinz geknickt.
»Ich wüsste, wie du zu einer Trophäe kommen könntest«, sagt Kokosnuss. »Und ... also, wenn das mit der Trophäe klappt, würdest du danach kurz mein Gefangener sein?«
»Dein Gefangener?!«, wiederholt der Prinz ungläubig.
»Ja, nur für ein halbes Stündchen«, sagt Kokosnuss. »Es ist wegen meiner Prüfung.«
Prinz Flitzebogen überlegt. »Und was für eine Trophäe ist das?«
Da erklärt Kokosnuss seinen Plan.
Matilda raunt Oskar zu: »Meint er das im Ernst?«

»Scheint so«, flüstert Oskar. »Das kann ja heiter werden.«

Kurz darauf sitzen Kokosnuss, Matilda und Oskar auf dem Kutschbock und lenken die Ochsen auf den Weg zurück zu den Drachenbergen. Hinten in der Kutsche haben es sich die Prinzessin und der Prinz bequem gemacht.
Prinzessin Patina hat ein Buch aus ihrem Rucksack geholt und liest darin. Prinz Flitzebogen lugt heimlich zu ihr hinüber. Eigentlich wollte er ja

gar nicht in die Kutsche steigen, zu dieser kratzbürstigen Prinzessin. Aber dann ist er doch mitgefahren. Insgeheim gefällt sie ihm nämlich, diese Prinzessin. Er weiß nur nicht recht, warum. Der Plan von diesem Kokosnuss aber, der ist goldrichtig! Einem Drachen einen Zahn ziehen – nichts leichter als das, denkt der Prinz. Wenn das klappt, hätte er eine richtige Trophäe!
Auf dem Kutschbock sagt Matilda leise zu Kokosnuss: »Dein Plan ... also, das ist vielleicht keine gute Idee.«

»Mit dem Pulver wird es schon klappen«, sagt Kokosnuss.
»Kann aber auch sein, dass mein Papa den Prinzen einfach auffrisst«, sagt Oskar.
»Mit den Zahnschmerzen?«, sagt Kokosnuss. »Damit kann dein Papa doch nicht einmal in eine Banane beißen.«
»Hihihi«, kichert Oskar. »Mein Papa würde nie in eine Banane beißen.«
Dabei fällt dem kleinen Fressdrachen ein, dass er schon seit mindestens einer halben Stunde nichts gegessen hat. Er fischt eine Mohrrübe aus seiner Tasche und beginnt zu knabbern. Dabei guckt er sich unauffällig zu den beiden Fahrgästen um.
»Was gibt's denn da zu gucken?«, flüstert Matilda.
»Die küssen gar nicht«, flüstert Oskar zurück.
»Wieso sollten die denn küssen?«
»Na ja, wenn die doch verknallt sind?«
»Dafür müssen sie sich erst kennenlernen«, sagt Matilda.

»Die sitzen viel zu weit auseinander«, sagt Oskar.
»Misch dich da nicht ein!«, sagt Matilda.
»Was flüstert ihr da?«, fragt Kokosnuss.
»Oskar will, dass die sich küssen«, sagt Matilda.
»Stimmt gar nicht!«, ruft Oskar.
»Die Prinzessin mag Prinzen nicht«, sagt Kokosnuss. »Hat sie mir vorhin selbst gesagt.«
»Einen, der mit Pfeilen auf unschuldige Drachen schießt, würde ich auch nicht mögen«, sagt Matilda.

Gegen Mittag tauchen in der Ferne die Fressdrachenberge auf. Bald haben sie die Höhle von Oskars Familie erreicht. Kokosnuss hält die Kutsche an und wendet sich an Prinz Flitzebogen: »Hier wohnt der Drache.«
»Gut, dann mal los!«, sagt der Prinz und ergreift Pfeile und Bogen.
»Besser, du lässt deine Waffen hier«, sagt Kokosnuss. »Du brauchst nur dein Kräuterpulver.«
»Und viel Mut«, sagt Oskar.
»Sehr, sehr, sehr viel Mut«, sagt Matilda.
»A-aber ... ohne Pfeil und Bogen?«, stottert der Prinz.
»Wir begleiten dich«, sagt Kokosnuss.
»Ich komme auch mit!«, sagt Prinzessin Patina.
Da gibt sich Prinz Flitzebogen einen Ruck und steigt ohne Pfeil und Bogen aus der Kutsche.

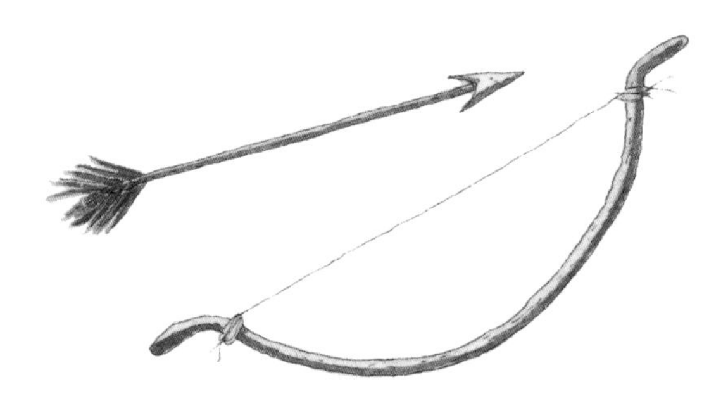

In der Höhle der Fressdrachen

Langsam gehen die Freunde und der Prinz und die Prinzessin in die finstere Höhle hinein. Ein wenig Zweifel bekommt Kokosnuss nun doch.
»Sag, Oskar, falls dein Vater schlechte Laune hat ...«
»Dann Gute Nacht«, sagt Oskar.
»Aber wenn's gefährlich wird, dann ist deine Mutter noch da, oder?«
»Meine Mama ist um diese Zeit immer unterwegs.«
Da kriegt Kokosnuss weiche Knie. Im selben Moment hallt ein markerschütternder Schrei an den Höhlenwänden wider.
»Zahnschmerzen hat er jedenfalls noch«, sagt Oskar.
Sie kommen um die Ecke und bleiben abrupt stehen: Mitten in der Wohnhöhle versucht Oskars Vater, ein Regal aus Ochsenknochen zusammenzubauen.

»Verflixt ... auuuuuuahhhgrrrr!«, flucht er und hält seine geschwollene Wange.
Ängstlich betrachten Prinzessin Patina und Prinz Flitzebogen den riesigen, Furcht einflößenden Drachen.
Kokosnuss flüstert ihnen zu: »Bleibt lieber im Hintergrund!«
Da bemerkt Herbert die beiden Drachenjungen und das Stachelschwein.
»Was wollt ihr denn hier?«, herrscht er sie an.
»Papa, wir kennen einen, der dir den Zahn ziehen kann, ohne dass es wehtut«, sagt Oskar.
»Quatsch mit Soße! So einen gibt's nicht.«
»Doch«, sagt Matilda. »Das ist ein Wunderheiler.«
»Wunderheiler, so 'n Blödsinn«, grummelt Herbert und knotet ein Seil um einen Ochsenknochen. Plötzlich jault er auf: »Auuuuuuuuuuuuuuh!«
»Sie haben wohl starke Schmerzen«, sagt Matilda.
»Ja, auuua!«, stöhnt Herbert.
»Papa, der Wunderheiler ist sogar hier!«

Herbert stutzt. »Der ist hier? Wo?«
Unsicher tritt Prinz Flitzebogen aus dem Höhlengang hervor.
»Wer bist du denn?«, fragt Herbert unwirsch.
»I-ich b-bin d-d-d-der Wund-d-derheiler, i-ich heiße B-B-Blitzeflogen, äh, Flitzgebogen, äh, Bogenflitzer, äh, nee, Regenflitzer, äh ...«
Da meldet sich Prinzessin Patina: »Er heißt Flitzebogen und kommt aus einem fernen Land.«
»Und wer bist du?«, fragt Herbert misstrauisch.
»Ich heiße Patina und bin Flitzebogens Helferin.«
»Aha«, knurrt Herbert.
Wieder durchfährt den Fressdrachen ein stechender Schmerz. »Na gut, dann macht mal!«, sagt er zerknirscht.
»Ähm, also«, sagt Prinz Flitzebogen. »Zuerst müssten Sie sich hinlegen und Ihr Maul öffnen.«
Herbert streckt sich auf dem Höhlenboden aus und reißt sein Maul auf. Mit großen Augen betrachten die anderen die vielen spitzen Zähne und die entzündete Stelle: Unter einem Zahn ist das Zahnfleisch tiefrot und dick angeschwollen.

»Au Backe!«, flüstert Matilda.
»Sieht das übel aus!«, flüstert Oskar.
»Allerhöchste Eisenbahn!«, flüstert Kokosnuss.
»Bitte das Maul öffnen und nicht wieder schließen«, sagt Prinz Flitzebogen und holt das Pulver hervor.
»Ich mach das zu, wann ich will!«, blafft Herbert.
»Papa, das geht aber nicht während der Operation«, sagt Oskar.
»O-Operation?«, stottert Herbert.
Kokosnuss und Oskar tragen einen Ochsenknochen herbei.
»Was wollt ihr denn damit?«, fragt Herbert.
»Den stellen wir dir ins Maul«, sagt Oskar.
»Damit es während der Operation nicht zuklappt«, sagt Kokosnuss.
»M-Muss das sein?«, fragt Herbert, doch

da haben die beiden Drachenjungen sein Maul schon mit dem Ochsenknochen blockiert.
Flugs streut Prinz Flitzebogen etwas Pulver auf die entzündete Stelle und versucht, den Zahn aus Herberts Maul zu ziehen.
Gebannt beobachten Kokosnuss, Matilda, Oskar und die Prinzessin den großen Herbert. Dieser verzieht keine Miene, als Prinz Flitzebogen an dem Zahn zerrt.
»Er merkt ja gar nichts«, flüstert Matilda.

»Echt schräg«, flüstert Oskar.
Der Prinz aber wischt sich den Schweiß von der Stirn. »Der Zahn sitzt noch zu fest, ich rutsche immer ab.«
»Warte, ich habe eine Idee!«, sagt Kokosnuss und legt ein Seil um den Zahn.
Prinz Flitzebogen zieht am Seil: Hau-ruck – Hau-ruck – Hau-ruck! – bis Herberts Zahn – schlutz-schlotz – aus dem Maul fällt und am Seil hängt. Staunend betrachten die Freunde den großen, spitzen Drachenzahn.
Herbert wendet den Kopf und sagt: »Un?«[3]
»Gut gelaufen, Papa!«, sagt Oskar.
Vorsichtig entfernen Kokosnuss und Oskar den Ochsenknochen.
»Ahhhhhh!«, stöhnt Herbert, bewegt vorsichtig den Kiefer und streicht über seine Wange. »Öh ... ist die Operation schon vorbei?«
Der Prinz hebt den Zahn in die Höhe und sagt: »Fall erledigt.«
»Tut's noch weh?«, fragt Oskar.

[3] „Und?"

»Nö«, sagt Herbert und nickt Prinz Flitzebogen anerkennend zu. »Donnerknispel, du bist ja wirklich ein Wunderheiler! Als Belohnung werde ich dich und deine Helferin nicht auffressen, einverstanden?«
»Einverstanden!«, sagen der Prinz und die Prinzessin schnell.
»Dürfte ich Ihren Zahn mitnehmen, als Andenken?«, fragt der Prinz.
»Meinetwegen«, brummt Herbert. »Den brauche ich ja nicht mehr.«
Stolz verstaut Prinz Flitzebogen den Zahn in seinem Rucksack.
Als sie die Höhle verlassen, räuspert sich Kokosnuss und sagt: »Ähm ... jetzt müssten wir noch zur Drachenschule. Heute Nachmittag ist Abgabe meiner Prüfungsergebnisse.«
»Abgabe?!«, fragen Prinzessin Patina und Prinz Flitzebogen.
»Ja, ich gebe mein Prüfungsblatt ab, und ihr müsstet meine Gefangenen sein, okay? Damit ich ein paar Punkte bekomme.«

Unsicher fragt der Prinz: »Und es ist wirklich nicht gefährlich?«
»I wo«, antwortet Kokosnuss. »Das Schulpersonal[4] ist manchmal etwas merkwürdig, aber im Grunde in Ordnung.«
Bei dem Gedanken an die Drachenbucht ist dem Prinzen etwas mulmig zumute, doch als er sieht, dass Prinzessin Patina in die Kutsche steigt, atmet er tief durch und folgt ihr.

[4] Kokosnuss meint die Lehrerinnen, Lehrer, Lehrenden (bzw. Lehrer*innen, LehrerInnen, Lehrer_innen, Lehrer/innen) der Drachenschule.

Vor dem Prüfungskomitee

Kurz vor der Drachenschule springen Matilda und Oskar vom Kutschbock und suchen sich ein Versteck hinter einem Felsen. Von hier aus können sie den Schulplatz gut sehen.
»Wir drücken die Daumen!«, sagt Matilda.
»Wird schon schiefgehen!«, sagt Oskar.
Kokosnuss ist ziemlich aufgeregt. Auf dem Platz vor der Schule hat sich hinter einem langen Tisch das Prüfungskomitee eingefunden: die Fluglehrerin Proselinde Pratzelputz, ihre Kollegin Emma Emmental und die Lehrer Kornelius Kaktus und Dr. Bronco Blumenkohl.
Kokosnuss stoppt die Kutsche auf dem Schulplatz und tritt vor das Komitee. Verwundert blicken die Lehrerinnen und Lehrer auf die beiden Fremden in der Kutsche. Diese lugen ihrerseits neugierig zu den Drachen hinüber.
»Darf ich fragen, wer dort in der Kutsche sitzt?«, fragt Kornelius Kaktus.

Kokosnuss

»Ein besiegter Prinz und eine entführte Prinzessin«, antwortet Kokosnuss.
»Tatsächlich?!«, fragt Dr. Blumenkohl.
»Eine richtige Prinzessin und ein richtiger Prinz?«, fragt Emma.
»Ja«, sagt Kokosnuss. »Sie heißen Patina und Flitzebogen. Die Prinzessin kommt aus dem Turmwald und der Prinz von so einem fernen Königreich.«
»Und warum sitzen die beiden dort?«, fragt Proselinde streng.
»Öh, die ... ich sollte doch eine Prinzessin entführen und einen Prinzen besiegen. Das sind jetzt die beiden.«
»Wie bitte?«, fragt Kornelius.
»Öh, steht hier doch«, sagt Kokosnuss und reicht Kornelius das Prüfungsblatt.
Kornelius, Proselinde, Emma und Dr. Blumenkohl starren auf das blaue Papier. Dann blicken sie erst zu Kokosnuss und dann zur Kutsche. Plötzlich rollt Kornelius das Blatt auf und verkündet: »Das Komitee zieht sich zur Beratung zurück!«

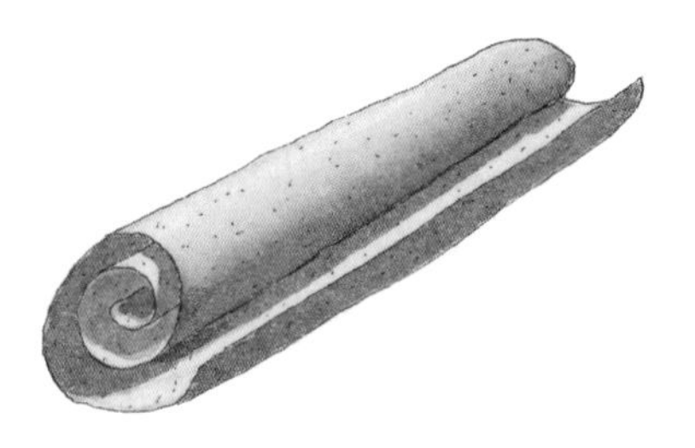

Die großen Drachen erheben sich und gehen eilig in die Schulhöhle. Dort scheint es hoch herzugehen. Worte wie »Gibt's doch nicht!«, »Unerhört!«, »Unglaublich!« und »Kann doch gar nicht sein!« dringen auf den Schulplatz hinaus. Doch Genaues kann Kokosnuss nicht hören. Unsicher blickt der kleine Drache zur Kutsche hinüber.
»Stimmt was nicht?«, fragt Prinzessin Patina.
»Keine Ahnung«, sagt Kokosnuss und zuckt mit den Schultern.
Kurz darauf kommen die Lehrdrachen zurück. Feierlich erhebt Kornelius Kaktus die Stimme: »Mein lieber Kokosnuss! Du hast mit Bravour bestanden!«
»Du erhältst die Höchstpunktzahl!«, sagt Proselinde.

»Mit Sternchen!«, sagt Emma.
»Und 5000 Sonderpunkte«, sagt Dr. Blumenkohl.
»5000?«, wiederholt Kokosnuss ungläubig.
»Ganz richtig«, sagt Kornelius Kaktus, überreicht Kokosnuss eine Ehrenurkunde und fügt hinzu: »Nun sorge dafür, dass der Prinz und die Prinzessin wohlbehalten wieder nach Hause kommen.«
Kokosnuss nimmt die Urkunde entgegen und sagt: »Geht klar, äh, vielen Dank auch!«

»Das ist ja richtig gut gelaufen!«, sagt die Prinzessin freudig, als Kokosnuss wieder auf dem Kutschbock sitzt und die Ochsen losgetrottet sind. Auch der Prinz ist erleichtert.

Am Felsen steigen Matilda und Oskar zu und fragen: »Und?!«
»Höchstpunktzahl mit Sternchen plus 5000 Sonderpunkte«, sagt Kokosnuss.
»Wow!«, sagt Oskar.
»Das ist meine erste Höchstpunktzahl überhaupt«, sagt Kokosnuss. »Und Sternchen und Sonderpunkte hab ich noch nie gekriegt.«
»Weil du noch nie eine richtige große Aufgabe bekommen hast, so wie diese hier«, sagt Oskar.
»Hm ja, möglich«, sagt Kokosnuss nachdenklich. Er wird das Gefühl nicht los, dass irgendetwas nicht stimmt. Kornelius Kaktus und die anderen haben sich jedenfalls ziemlich seltsam verhalten. Doch dann besinnt sich der kleine Drache. Jetzt müssen sie erst einmal Prinzessin Patina und Prinz Flitzebogen zurückbringen.

Kokosnuss lenkt die Ochsen wieder auf den Weg in Richtung Norden, als sie aus der Kutsche Getuschel und Gekicher vernehmen.
Matilda wirft einen Blick zu Patina und Flitzebogen und flüstert: »Die scheinen sich gut zu unterhalten.«
Oskar grinst und sagt: »Das läuft!«
Sie sind noch nicht lange unterwegs, als sie auf Kokosnuss' Cousin Haselnuss treffen. Haselnuss ist ein schlaksiger Feuerdrache mit einer Brille auf der Nase. An einem Seil zieht er einen Ochsen hinter sich her und ruft: »Hallo Kokosnuss! Was machst du denn auf der Kutsche?«
»Brrr, Ochsen, anhalten!«, ruft Kokosnuss und antwortet: »Ich komme gerade von meiner Prüfung. Stell dir vor, ich habe die Höchstpunktzahl bekommen!«
»Echt?! Cool! Ich muss da jetzt auch hin«, sagt Haselnuss und zeigt auf eine lilafarbene Papierrolle, die aus seiner Tasche ragt. »Bin ein bisschen aufgeregt. Zum Glück war meine Aufgabe ganz okay. Ich meine, einfach war's nicht. Ich

musste einen Ochsen zähmen, aber das habe ich hingekriegt. Guck, der Ochse hier, voll zahm! Muss jetzt los, drück mir die Daumen!«

Als sie ihre Fahrt fortsetzen, schüttelt Matilda den Kopf. »Einen Ochsen zähmen? Das ist ja eine ziemlich leichte Aufgabe für einen aus der Oberstufe.«

»Stimmt eigentlich«, murmelt Kokosnuss.

»Aber wenn ich es recht überlege«, sagt Matilda, »ist es für Haselnuss genau die richtige Aufgabe. Der kennt sich doch so gut mit Tieren aus. Und, mal ehrlich, eine Prinzessin entführen und einen Prinzen besiegen – das wäre nichts für ihn gewesen.«

»Stimmt«, sagt Kokosnuss wieder. Plötzlich nimmt er die Zügel und lenkt die Ochsen in Richtung Strand.
»Wo willst du denn hin?«, fragt Matilda.
»Zu Knödel«, sagt Kokosnuss. »Ich muss ihn etwas fragen.«
»Aber die Prinzessin muss doch heute Abend wieder zu Hause sein«, sagt Matilda.
Oskar wendet sich um und sagt: »Die kriegen sowieso nichts mit. Die beiden sitzen schon ganz nah beieinander.«

Ohne sich umzudrehen, flüstert Matilda: »Küssen die etwa?«
»Nee«, sagt Oskar. »So schnell geht das nicht, die müssen sich doch erst kennenlernen!«

»Ha, meine Ochsen und meine Kutsche!«, ruft Knödel, als die Freunde am Strand vor der Trödelhöhle eintreffen.
»Hallo Knödel«, sagt Kokosnuss. »Ich muss dich etwas fragen.«
»Schieß los!«
»Könnte es sein, dass du die Papierrollen mit den Prüfungsaufgaben vertauscht hast?«
Matilda und Oskar blicken Kokosnuss erstaunt an.
»Öh ... könnte sein«, sagt Knödel.
»Dann hast du mir die schwere Aufgabe gegeben und Haselnuss die leichte?«, fragt Kokosnuss empört.
»Na ja, ich dachte, für Haselnuss ist die Aufgabe mit dem Ochsen besser geeignet, und du wirst das mit der Prinzessin und dem Prinzen schon

hinkriegen.« Knödel wirft einen Blick in die Kutsche und fügt hinzu: »Und siehe da: Du hast es hingekriegt!«
»Bekommst du jetzt nicht Ärger mit Kornelius und den anderen?«, fragt Matilda.
»Och, das bin ich gewohnt. Ich hatte dauernd Ärger in der Schule. Und außerdem bin ich ja nur die Aushilfe für den Schulboten gewesen. Da kann man schon mal zwei Papierrollen vertauschen, hihihi.«
»Schönen Dank auch«, brummt Kokosnuss grummelig, doch dann hat er eine Idee: »Ich finde, du solltest die beiden nach Hause fliegen!«
»Ich?«, fragt Knödel. »Wieso ich?«
»Ich bin dafür zu klein«, sagt Kokosnuss.
»Das stimmt!«, sagen Matilda und Oskar gleichzeitig.
Knödel seufzt. Er fliegt nicht besonders gern, aber in diesem Fall haben Kokosnuss, Matilda und Oskar wohl recht.
»Na schön«, sagt der Rüsseldrache. »Ich fliege die beiden zurück.«

Kokosnuss wendet sich an seine beiden Fahrgäste: »Das ist Knödel. Er bringt euch nach Hause.«
»Kein Problem«, sagen Prinzessin Patina und Prinz Flitzebogen wie aus einem Mund und wenden sich wieder einander zu.
Oskar schüttelt den Kopf und sagt: »Die merken ja auch nicht mehr viel.«

So kommt es, dass Prinzessin Patina, Prinz Flitzebogen und Herberts Zahn von Knödel zurückgeflogen werden, zu dem kleinen Königreich im Norden der Dracheninsel. Patina möchte Flitzebogen ihr Zuhause zeigen. Insgeheim gefällt er ihr nämlich, dieser Prinz. Sie weiß nur nicht recht, warum.[5]

[5] „Nachtigall, ick hör dir trapsen" sagt zum Beispiel jemand, der bemerkt, dass zwei Menschen ineinander verliebt sind.

Ein paar Tage später sitzen Kokosnuss, Matilda und Oskar unter ihrer Lieblingspalme am Strand. Die Sonne neigt sich dem Horizont zu, doch es ist warm, und ein leichter Abendwind weht über den Strand.

»Hat Haselnuss die Prüfung eigentlich bestanden?«, fragt Matilda.

»Hat er«, antwortet Kokosnuss. »Er hat sogar eine gute Punktzahl bekommen, weil er dem Ochsen ein paar Kunststücke beigebracht hat.«

»Einem Ochsen Kunststücke beibringen«, sagt Oskar, »das kann nicht jeder.«

»Gibt es etwas Neues von der Prinzessin?«, fragt Matilda.

»Ach, das habe ich ganz vergessen!«, sagt Kokosnuss und zieht einen Brief aus seiner Tasche. »Der kam heute Morgen mit der Post.«

Der Brief ist mit einem königlichen Siegel[6] verschlossen. Kokosnuss öffnet ihn und liest vor:

[6] Manche Briefe werden auch heute noch mit heißem Wachs verschlossen und mit einem Siegelstempel versehen.

Lieber Kokosnuss, liebe Matilda,
lieber Oskar,
der Flug mit Knödel hat viel
Spaß gemacht. Knödel ist eine
lustige Type. Prinz Flitzebogen
ist immer noch hier bei uns am
Hof, er will gar nicht mehr weg.
Meine Eltern mögen ihn gerne,
ich auch ein bisschen. Hätte ich
nicht gedacht – am Anfang
fand ich ihn ja blöd, mit seinem
Bogen und den Pfeilen. Aber er
ist in Ordnung und irgendwie
süß. Es war toll bei euch, kommt
mich mal besuchen!

I.K.H. Prinzessin Patina

»Was heißt denn ›I. K. H.‹?«, fragt Matilda.
»Vielleicht ›Ich kann hüpfen‹«, sagt Oskar.
»Ich glaube, das heißt ›Ihre Königliche Hoheit‹«, sagt Kokosnuss. »Hab ich mal gelesen.«
»Oho, Hoheit!«, sagt Oskar und kichert.
»Ob die beiden jetzt heiraten?«, fragt Matilda.
»Auf alle Fälle!«, sagt Oskar.

Foto: privat

Ingo Siegner, 1965 geboren, wuchs in Großburgwedel auf. Schon als Kind erfand er gerne Geschichten. Später brachte er sich das Zeichnen bei. Mit seinen Büchern vom kleinen Drachen Kokosnuss, die in viele Sprachen übersetzt sind, eroberte er auf Anhieb die Herzen der jungen LeserInnen. Ingo Siegner lebt als Autor und Illustrator in Hannover.

Alle Kokosnuss-Abenteuer auf einen Blick:

1. Der kleine Drache Kokosnuss – Seine ersten Abenteuer (groß: 978-3-570-17566-8 und klein: 978-3-570-17567-5)
2. Der kleine Drache Kokosnuss feiert Weihnachten (groß: 978-3-570-17565-1 und klein: 978-3-570-17564-4)
3. Der kleine Drache Kokosnuss kommt in die Schule (978-3-570-12716-2)
4. Der kleine Drache Kokosnuss – Hab keine Angst! (978-3-570-12806-0)
5. Der kleine Drache Kokosnuss und der große Zauberer (978-3-570-12807-7)
6. Der kleine Drache Kokosnuss und der schwarze Ritter (978-3-570-12808-4)
7. Der kleine Drache Kokosnuss – Schulfest auf dem Feuerfelsen (978-3-570-12941-8)
8. Der kleine Drache Kokosnuss und die Wetterhexe (978-3-570-12942-5)
9. Der kleine Drache Kokosnuss reist um die Welt (groß: 978-3-570-17981-9 und klein: 978-3-570-17980-2)
10. Der kleine Drache Kokosnuss und die wilden Piraten (978-3-570-13437-5)
11. Der kleine Drache Kokosnuss im Spukschloss (978-3-570-13039-1)
12. Der kleine Drache Kokosnuss und der Schatz im Dschungel (978-3-570-13645-4)
13. Der kleine Drache Kokosnuss und das Vampir-Abenteuer (978-3-570-13702-4)
14. Der kleine Drache Kokosnuss und das Geheimnis der Mumie (978-3-570-13703-1)

15. Der kleine Drache Kokosnuss und die starken Wikinger (978-3-570-13704-8)
16. Der kleine Drache Kokosnuss auf der Suche nach Atlantis (978-3-570-15280-5)
17. Der kleine Drache Kokosnuss bei den Indianern (978-3-570-15281-2)
18. Der kleine Drache Kokosnuss im Weltraum (978-3-570-15283-6)
19. Der kleine Drache Kokosnuss reist in die Steinzeit (978-3-570-15282-9)
20. Der kleine Drache Kokosnuss – Schulausflug ins Abenteuer (978-3-570-15637-7)
21. Der kleine Drache Kokosnuss bei den Dinosauriern (978-3-570-15660-5)
22. Der kleine Drache Kokosnuss und der geheimnisvolle Tempel (978-3-570-15829-6)
23. Der kleine Drache Kokosnuss und die Reise zum Nordpol (978-3-570-15863-0)
24. Der kleine Drache Kokosnuss – Expedition auf dem Nil (978-3-570-15978-1)
25. Der kleine Drache Kokosnuss – Vulkan-Alarm auf der Dracheninsel (978-3-570-17303-9)
26. Der kleine Drache Kokosnuss bei den wilden Tieren (978-3-570-17422-7)
27. Der kleine Drache Kokosnuss und der Zauberschüler (978-3-570-17569-9)
28. Der kleine Drache Kokosnuss bei den Römern (978-3-570-17656-6)
29. Der kleine Drache Kokosnuss und der chinesische Drache (978-3-570-17734-1)
30. Der kleine Drache Kokosnuss und die Drachenprüfung (978-3-570-17829-4)